LOU

BANQUET DE L'AN PASSA

RÉCIT

Par M***

—

Lu au banquet de la Société philanthropique des Commis et Employés
le 25 octobre 1863.

———•◦>◦<◦•———

MARSEILLE.

TYP. ET LITH. BARLATIER-FEISSAT ET DEMONCHY,
Rue Venture, 19.

—

1864.

LOU

BANQUET DE L'AN PASSA.

LOU

BANQUET DE L'AN PASSA

RÉCIT

PAR M***

Lu au banquet de la Société philanthropique des Commis et Employés
le 25 octobre 1863.

MARSEILLE.

TYP. ET LITH. BARLATIER-FEISSAT ET DEMONCHY,
Rue Venture, 49.

1864.

Marseille. — Typ. et Lith. Barlatier-Feissat et Demonchy.

LOU BANQUET

DÉ L'AN PASSA.

—⚬⟐⚬—

Sabi pas s'aquest'an oouren miès devina,
Maï ségu l'an passa sian ben esta flamba.
Que n'oourié dich aco, quand per faïré boumbanço,
Si venian entaoula oou noun de *bienfésanço*.
Aven manca un moumen per paou qu'oourié dura,
Vo de mourri de fan; vo de si dévoura.

Aï doun escri eisso émé la certitudo
Que s'ooublidara pas de prendré l'abitudo
Touis lei fès que dévren veni per banquéta
De si garni lou pies avan de l'arriba.
Evitaren ensin aquelei catastrofos
Que si passoun jamaï senso l'avé de boffos.

Despuis que dins lou cor de la souciéta
Si mangeo touis leis ans, ren nous avié troubla ;
Franc lou coou de l'ami d'estoufanto mémoiro
Que nous fumé tan ben, que dégun pousqué boiro.
L'a un pareou d'ans d'aco, ero priou d'oou banqué
Surpriso proumeté, paraoulo nous tengué.
Avié pas pensa' oou maou, lou bravé a gès de vici ;
Fagué parti soulé un gros fué d'artifici
Dins la salo, à mié jou, aou gran cla d'oou souleou.
Aguessias vis cadun dérapa son capeou
En leissan debrouïa nuestré cher camarado
Qu'éro brusca tout viou, acclapa de fumado.
Hurousamen n'agué que senso perdré ten
Dorberoun de pertout per faïr'intra lou ven.
Sens' aco, ben ségu, l'avié gravé scandalo,
Sei coulegos roustis encoumbravon la salo.
La de malins qu'an dich, aco va crési pa,
Que lou susdit ami v'avié tout calcula
Et per aqueou mouïen, l'ideïo n'es pas beto,
Voulié s'accapara tout lou foun de rétréto.
Alors a pas ruissi, maï dien qu'es pur hasard.
Tené-vous avertis, beleou sera pu tard.

Aro parlen un paou de la fièro carotto
Qu'espooutissé tan ben la darniero ribotto.

Ero lou dès et hiué d'ooutobré l'an passa,
Chez eou lou trésourié a péno avié rintra,
Que pér si répoousa de sei longuei journados
Esperan lou soupa, lei douès camb'alloungados
Pensavo oou fin dina que farié lendeman,
Calculavo lei plats lou menù à la man.
Fasié lou releva de nouestro joie d'avanço,
Car nous aïmo tan ben coumo sa parentanço.
S'éro endormi d'un souen plén de bellei coulours,
Semblav'estré entooula dins lou casteou dei flours.
Maï lou diablé carga d'enventa lei chicanos,
Aqueou douarmé jamaï, dégun li fa lei banos,
Li prengué fantasié de nous tarabusta
En troublan a la fé trésourié et dina.
Sigué pas difficil' à l'esprit de ténébré
De trouva lou mouïen de li douna la fébré.
De créanciés, pardi, lou restouran dei flous
N'avié jamaï manca, maï alors que toujous.
Doun nouestré trésourié a peno répoousavo
Que si vi davan deou dreissa uno longo cavo ;
Saoupré ben l'ouro justo e lou moumen préci
Es cavo que lou ten a pa'encaro esclarci ;
Vous diraï soulamen, qu'émé soulicitudo,
A fa lock, proportien, règlo de longitudo,
E maougra sei calculs astrono-physico
D'aqueou poin importan soou pas lou promié mo.

Foou prendré soun parti ; l'espéço de fantomé
De négr' éro vesti ; avié lei traits d'un homé
Fouesso laï, que voulès ? lou recors es pas beou,
Mèm'oou mitan doou jou, quan fa fouesso souleou.
Dins la man gaoucho avié, coumo a Robert lou Diablé,
Un papié négré e blanc, un escri rédoutablé.
« Ze sais que vous avez, va rendi en francé,
« Les picaillons servant à payer lou diné.
« Vaqui un papafar qui vous féra connaitro
« Qu'ils sont pas pour brifer, mais pour me les remettro. »
Siguen justé 'en disen qu'éro un cas esfrayan.
Nouestr' ami estordi alors largué la man
Per prendré lou papié. Emé d'aooutrei menaços
Lou revenan parté senso leissa de traçós.
Alors si revelé l'affrousa verita !
Ero ben un exploit per bousca lou dina !
E que lou lendeman oou luech d'une partido,
Riscavian de juna vo de courré bourrido.

Lou fantomé avié dich à nuestré trésourié :
« Allez plan, mon ami, n'allez pas resquié
« Si vous donnez l'arzan, vous fait'uno baloufo
« E nous le tirerons de votre propre bousso,
« Sans compter tous les frais que ça pourra coûter.
« Si vous étes testar, sans vouloir m'escouter,

« Vous en tirerez pas avec la braïo netto

« Vendren votre faquino au son de la trompetto. »

Ma faquino vendrié ! caspì ! coumo li va !

Maï aquel estorneou soou pas ce qu'a couesta

Ma faquino d'Elbuf, que mi pinço la taïo ;

E mi despouïarien per faïr'uno ripaïo ?

Ah ! ben ! va crési pas ! per évita l'huissié,

Se déman an ben fan, rouïgaran lou papié.

Rouigaren lou papié ! coulègo respetable,

Sabès pas qu'aqueou mot vous fa risqua lou rable ?

Sian vengu en pagant, su paroulo d'ami,

Carculan qu'oou dina s'en metrian fin qu'aqui,

E, nous ooufriré pas mèm'un cuïé de soupo ?

Car voules nous bourra de papier vo d'estoupo.

Vous voulez galéger ! enfin si veiren mies

Per saoupré ses aco que mettren su lou pies.

Lou paouré trésourié soupé pas, la secousso

Lou laissé pas dormi en pensant que sa bousso

Courié aqueou dangié ; ooussi touto la nué

Soungé de révénan, de justici, d'huissié.

Lou lendeman, vésen sa figuro esfarado,

Cadun l'interougeavo ; eou la bouco sarrado

Resté mu ben longten ; enfin impatienta,

Nous dis : aïer, Messiés, sieou esta exploita

A huech ouro doou souar, aqui ver la rétréto......

— Adiou meis huous ! dis l'un, l'an roouba la recetto !

— E tan fouar coumo sias, di l'aooutré, doou banqué
Vous an tout fa péta ? l'a pa'un pié oou saqué ? —
Ren qué de li pensa n'en avian la coulico.
— Vous resto doun pu ren trésourié simpatico,
Faudra mourir tout dré, réde coumo un'aran ?
— Li sias pas, meis amis, car j'ai toujours l'arjan ;
Soulamen vous diraï, e de suito l'explico
La cavo de l'huissié, e touto la boutico.
Cadun candi doou coou, va drech oou présiden
Per saoupré su d'aco qu'éro soun sentimen.
Lou présiden que vi lou dangié manifesto
Que courrié lou dina, subran si met'en testo
D'une députatien, per veiré lou trétur,
E per aquéou mouïen conjura un malur.
Aquestou prévengu, la servieto à l'espalo,
E fier coum'Artaban, arpantavo la salo.
L'escorto en l'abordan demando : « Lou diné ? »
— « Pour cela faut de ça, é vengué de siblé. »
(Voulié diré d'argen) un dei prious qu'a l'usagi,
Li respondé subran din soun mémé lingagi :
« De siblé ? n'aven gès, lou trésourié leis a. »
— « Eh ben, se n'avès gès, alors manjarès pa. »
Si vi que lou trétur si sentié din Marsio ;
Oourié pas tan blagua dédin l'Océanio,
Emé leis afamas que s'éro mes d'aproués,
Ero *fichu* doou coou, n'en fasien pas douis troués.

Lou mangeavoun tout crus, car, un'ouro souenavo
Coum'uno bréfounié la foulo broumelavo,
E s'entendié creida coum'oou ten dei romains.
Panem, Cousteletem, su lei méméi refrains.

. . . .

Pa men ce qu'es la fan ! un dei prious qu'a de testo
Agué l'idéio huroué, per pas troubla la festo,
De counvouca'en plen air un gran counseou urgean
Que trouvésse un mouïen per pa mouri de fan ;
Faïre que lou banqué toumbessé pa d'esquino,
Soouva lou trésourié e surtou sa faquino.
Lou counséou sigué court, car senso discussien
Arresté que cadun pagarié sa porcien,
Sensa touca'oou saqué, qu'émé tan de malici
Nous avien sequestra per la voix de justici.

. . . .

Aro mi resto plus qu'a parla doou dina.
Ren que de li pensa mi pren maou d'estouma.

. . . .

Lou promié dei freico sigué un plat de négré ;
Se l'avié gés de saou, mancavo pas de pébré !
Crési que li disien de carri vo carra,
Poudié estré carra, maï lou goùs v'éro pa ;
Ero maï que pounchu !! e la troupo afamado.
Qu'avié'encaro ren près de touto la journado,

L'ané de boueno fé, adrou su lou freico
Per si dedoumagea d'avança'un doublé'esco.
Subran cadun surprès d'oou gous que lou suffoco
Regardo soun vésin que battié la barloco.
Crésiou, ma fé de Diou, qu'érian empouisouna,
Vo doou men que n'oourié qu'oouqueis uns d'enragea.
Vous demandi un paou, quan sias dins une festo,
Que vias de countorsiens, se qu'avès dins la testo ?
Courri leou oou dooutour, eh ben ! qué desclara ?
« Ah ! mi dis, la de laï ! beleou n'en restara. »
L'avié qu'un médécin, maï n'avié pa per touti,
Poudiou ben mi pensa, ioou siou d'Oouruou m'en f.... »
Car aviou ren mangea, vo d'oou men presco ren ;
Maï lou poou qu'aviéou prés mi coupavo l'aren.
D'oou miéjou fin qu'oou soir la bouco mi brulavo,
Lou lendeman matin, la lengo mi pelavo.
D'aco poudès jugea si ce que leis amis
Venien de métr'oou piés ér'un trin de plésis .
Vésiou un désespoir de funesto mémoiro ;
Per buenhur qu'oouqueis uns coumencéroun de boiro ;
Aco mi remounté, siguéri soulagea.
Doou men sera pas di qué mouren enragea
Mi penséri subran, dins aquesteis intrigos,
Lou piégi d'oou malur es de leissa lei brigos,
Soouvaren lou restan. Mai avian pas féni
L'aoutré plat qu'arribé éro pas mies choousi ;

De buoou et de mooutoun mescla'émé de carottos
Nédavoun bord a bord a si leva lei bottos.
L'avié de faïoous vert, d'api fé, de naveous;
De légumés n'avié ... per carga dous caméous !
Oou men siguéssé cueh ! ero que miejo cavo !
Lou mooutoùn fasié mééh !... e lou buou ruminavo !
La carotto, Messiés, ah ! segu, si sentié,
Ero pas din lou plat... maï chez lou gargotié.
Vénié puis lou rousti, piégi que la fricasso,
Oou coumba dei voraço'émé lei coriaço
Si sooun pa maï battu, en faço d'oou dangié
Qu'aquéou jour a couru touto la companié !
Quant ei plats de *douceurs* e aoutrei faribolos,
Vé n'en parlaraï pa, aven troou fa d'escolos.
Se va fasioou pu long, creïrïou n'avé troou dit,
Vous couparié beleou per toujou l'apétit.
Foou que digui pourtan un mo doou camarado
Que s'ès tan distingua dins aquello journado.
Aquéou a ben gagna sa part doou paradis
En esten chef dei prious doou banquet dei coumis.
O moun paouré Tricon ! tu qu'as tan de patienço
Aqueou jou ta fougu lou mïou de ta scienço !
Ti frégissies toun san ! Ti foulié diré amen !
Battiés la fèbré, enfin!... Naoutrei manjavian ren.
Aro que d'oou trétur aven sachu lou vici
Es vengu lou moumen de ti rendré justici.

Din lou posto'importan mounté t'avien plaça,
Mesté *moucho* a men fa, car ti siès trépassa,
E pouden aooujourd'hui, en faço de Marsio,
Diré qu'as mérita maï que de la Patrio.
Encaro un mot, Messiés, per nuestrei présidens
Mounté trouvan toujou tan de dévouamens,
Car dins aquéou banqué de mémoiro bénido
An risca tan que soun, de li perdré la vido.
Siguen récouneissen de l'ounour que nous fan
Buven à sei santa, e de v'hui à un an !

www.ingramcontent.com/pod-product-compliance
Lightning Source LLC
LaVergne TN
LVHW050250030726
842520LV00006B/2290